LES
ENFANTS TROUVÉS

ET

L'ASILE MATERNEL

DES PETITS ENFANTS DE SAINT VINCENT DE PAUL

POEME EN TROIS CHANTS

PAR CHARLES DALLIER

Le vrai peut quelquefois n être pas vraisemblable

BOILEAU

PARIS

E. REPOS, LIBRAIRE-EDITEUR

70, rue Bonaparte.

LES ENFANTS TROUVÉS

ET

L'ASILE MATERNEL

DES PETITS ENFANTS DE SAINT VINCENT DE PAUL.

VERSAILLES. — IMPRIMERIE DE E. AUBERT

6, avenue de Sceaux.

LES

ENFANTS TROUVÉS

ET

L'ASILE MATERNEL

DES PETITS ENFANTS DE SAINT VINCENT DE PAUL

POÈME EN TROIS CHANTS

PAR CHARLES DALLIER

Le vrai peut quelquefois n'être pas vraisemblable.
BOILEAU.

PARIS

E. REPOS, LIBRAIRE-ÉDITEUR

70, rue Bonaparte.

Y

A Mademoiselle Portz

FONDATRICE ET DIRECTRICE DE L'ASILE MATERNEL.

MADEMOISELLE,

A vous seule convient la dédicace de ce modeste travail. Votre Œuvre l'a inspiré; mon unique ambition serait de contribuer à la faire connaître.

Daigne la Providence bénir cette pensée en faveur de votre nombreuse et intéressante famille!

Veuillez, Mademoiselle, agréer l'hommage de mes sentiments les plus respectueux.

CH. DALLIER.

Versailles, 24 juin 1868.

PREMIER CHANT

LE PASSÉ OU L'ABANDON

L'une des victimes de l'abandon raconte sa triste histoire, sa lutte contre le génie du mal. Tout s'est réuni pour briser en elle le moral et le physique; elle aurait triomphé cependant, car elle a une grande force de caractère, et le Ciel a déposé dans son cœur plus d'un germe de salut. Mais Dieu lui-même semble l'avoir délaissée! Repoussée par le monde, elle veut entrer au couvent, qui la repousse également. L'enfer triomphe alors; mais le dégoût saisit vite cette pauvre créature intelligente que la foi seule peut satisfaire et relever. — Les complices de sa misère morale lui avaient ravi les tendresses d'une mère; ils l'ont précipitée elle-même dans l'abîme : quels reproches sanglants n'a-t-elle pas à leur adresser ?

Vous avez une mère, et vous osez vous plaindre !
Gardez pour moi, plutôt, gardez votre pitié !
Dans les bras maternels pour me sentir étreindre,
Oh! que j'aurais donné de grand cœur la moitié
De ces jours nébuleux qu'on appelle la vie!
Je les donnerais tous. Une mère, ô mon Dieu,

Ce doit être si bon! Dès le berceau, flétrie,
Je n'eus pas ce bonheur, moi l'enfant sans aveu;
Moi que chacun repousse en ce monde, où ma place
Fut l'hospice d'abord, un galetas plus tard.

C'était juste, d'ailleurs, car maudite est la race
De ces vils parias qu'un funeste hasard
Fit naître hors la loi. La faute de ma mère,
Son crime doit sur moi retomber plus pesant :
Je n'eus pas ses baisers, mais j'aurai sa misère,
Et sans porter son nom je serai son enfant !
Elle m'a délaissée au seuil de l'existence,
Et jusques au trépas sa honte m'atteindra !
Que dis-je? il me faudra partager sa démence :
Elle a creusé l'abîme où mon cœur s'éteindra.

Enfant je pus lutter contre ma destinée;
N'avais-je pas le jeu, l'insouciance encor?
L'églantine, après tout, naîtrait-elle fanée?
N'est-ce pas du buisson le plus brillant décor?

Mais, un jour, au tombeau descendit ma nourrice;
Il fallut m'éloigner de son pauvre réduit,
On vendait ses haillons ! Et vraiment, la justice
N'avait à me laisser, je le sens aujourd'hui,
D'autre toit que les cieux et leur voûte azurée.
J'avais mes quatorze ans, cet âge de l'espoir !
Je courus à la ville, où j'étais assurée
D'avoir bientôt du pain, puis un lit pour le soir.

Une porte s'ouvrait, sans hésiter j'avance :
« —Que voulez-vous? —Servir. —C'est bien; mais, votre nom?

« —Toujours, chez ma nourrice, on m'appela Clémence.
« — Ce ne peut être là, ma fille, qu'un prénom.
« Le nom de vos parents? — Oh! je n'ai pas de père,
« Pas de mère non plus; je suis seule ici-bas!
« Et vous m'accueillerez, madame, je l'espère,
« Car je n'ai point d'abri pour y porter mes pas.
« —Mon Dieu! de tout mon cœur, je désire vous prendre,
« Ce qui m'est impossible. Allez, ma pauvre enfant!
« D'un bien vif intérêt je ne puis me défendre,
« Et je dois, il le faut, vous refuser, pourtant. »

Trois fois, ce même jour, on me traita de même.
La nuit vint me surprendre aux portes du saint lieu,
Bien triste! mais alors j'ignorais l'anathème
Prononcé sur ma tête et par l'homme et par Dieu!
Le sommeil vint bientôt abaisser ma paupière
Sur la dalle glacée où mon corps reposait,
Et mon rêve d'enfant crut lever la barrière
Qu'à mes premiers efforts en vain l'on opposait.

Votre philanthropie, ô siècle de réclame,
Est féconde pour nous en grands mots pleins de cœur;
Mais c'est pour se jouer avec la pauvre femme
Que l'attentat d'un lâche a vouée au malheur.
De l'opprobre ici-bas nous étions la conquête,
Il fallait bien encor nous enlever le ciel!
L'enfer dut applaudir à son digne interprète :

« Aime, me disiez-vous, savoure un peu de miel;
« Charme ta solitude, enfant, par un doux rêve.
« La journée est bien longue! au moins, quand vient le soir,
« Souffre que la gaîté, que le plaisir l'achève.

« L'horizon devant toi se montre triste et noir :
« Pourras-tu, toujours seule, affronter la tempête?
« Sur les flots courroucés tes efforts seraient vains.
« Le printemps est si beau! Ne vois-tu pas la fête
« Illuminer nos fronts ? A d'autres les dédains,
« Les soucis, le travail! sois heureuse, sois reine.
« Au nom de sa beauté, par ses traits séduisants,
« Toute fille, chez nous, peut être souveraine.
« Triomphe par l'amour des mépris insultants.
« Ecoute jusqu'au bout : si le Ciel t'a maudite,
« Si le monde pour toi réserve ses douleurs,
« L'amour te vengera! L'amour te sollicite,
« Dans les bras de l'amour viens essuyer tes pleurs. »

J'étais jeune, Seigneur, et sans expérience ;
Le pain de chaque jour avait manqué parfois,
Mais j'espérais encore ! et dans ma confiance,
J'enlaçai mes deux bras aux deux bras de ta croix.
J'avais acquis le droit de maudire ma mère :
Je t'invoquai pour elle et je lui pardonnai !
J'étais seule partout et partout étrangère :
Dans mon réduit obscur longtemps je m'enchaînai,
Travaillant nuit et jour, pour conserver mon âme
Et pourvoir à mon corps.

                    Lasse enfin des mépris :
« —Le monde me repousse : offrons à Dieu ma flamme,
« Aimons Dieu sans retour. » Ce fut un parti pris.
« Et que m'importe, à moi, le dédain de ce monde?
« Ses préjugés cruels ont causé tous mes maux ;
« Pour fixer loin de lui ma course vagabonde,
« Allons vivre au couvent. Les jours y sont si beaux!

« On nous les dit si purs ! Le paradis sur terre,
« C'est ainsi qu'on t'appelle, ô séjour du bonheur ! »
J'y courus sans retard.

                              « — Ma fille, votre père
« Autorisera-t-il ce vœu de votre cœur?
« Votre mère consent, je pense, au sacrifice?
« — Je suis seule, madame, et fus seule toujours !
« — Pauvre enfant, je vous plains, et que Dieu vous bénisse !
« Mais il faut renoncer à lui donner vos jours
« Dans notre saint asile. Une tache... — Madame,
« Je comprends... Plus un mot... J'ai souffert trop longtemps !
« Mon corps était souillé, mais pure était mon âme ;
« Qu'elle suive le corps !... Jouissons du printemps. »

Elle pleura sur moi. — Je devais être affreuse ;
L'enfer tourbillonnait dans mon frêle cerveau :
« Ah! Dieu rejette aussi la fille malheureuse
« Dont la coupable mère a trahi le berceau !
« Ce n'était pas assez des dédains de la foule ;
« Non, ce n'est point assez des poignantes douleurs
« Que chaque jour en moi le courage refoule,
« Il fallait au couvent subir d'autres rigueurs,
« Et Dieu veut délaisser l'âme qu'à son image
« Il a faite, dit-on ! Eh bien ! soit. »

                              Je sortis.
Mais dans mon sein grondaient les fureurs de l'orage.
Quels sinistres projets, quels jours et quelles nuits !
Ne me reportez pas à ces heures coupables,
Pour les anéantir, il faut les expier...
La foi me l'avait dit en termes redoutables ;

Aussi, près de tomber dans l'horrible guêpier,
Je reculai longtemps et je crus m'y soustraire.
Pourquoi désespérer? n'ai-je pas combattu
Le combat où jamais ne me guida ma mère?

Qu'il en coûte, grand Dieu, de quitter la vertu!
Que je le payai cher! Ma beauté, ma jeunesse
S'envolèrent bientôt au vent des passions;
Le remords s'éteignit dans une folle ivresse.
De ces livres plus noirs que les plus noirs poisons
Je roulai dans la fange! et plus elle était sale,
Plus elle était hideuse, ô crime, ô désespoir!
Plus je m'applaudissais! — Je mourais; vint le râle,
La suprême agonie où l'âme peut déchoir.

Désormais plus de lutte au champ de l'esclavage.
Je devins mère : ô Ciel! quelle maternité!
L'homme dont mon délire avait un triste gage
Ne revint plus au jour de la réalité.
La victime gisait, quand il brisa sa chaîne,
Sur un grabat d'emprunt, sans asile et sans pain.
Qu'allais-je devenir? Succomber à la peine!
Dieu reprit mon enfant : — j'avais froid, j'avais faim;
Demandez-vous des pleurs à la femme insensée
Qui fut mère deux jours pour rougir de son fils?
— Echapper à ce joug n'était pas chose aisée :
La misère et les sens sont domptés ou servis...

Dans le fond du bourbier reste le suicide;
J'ai lu son dernier mot, j'ai connu son défi.
— Voilà pourtant l'adieu, le terme parricide
Du sceptique aux abois : — Morte, tout est fini!...

Parole misérable, inhumaine, impuissante !...
L'espoir ne soutient plus mon âme dans sa foi :
Je veux croire et je crois, dût ma foi délirante
Eveiller le remords et l'armer contre moi.

Ils m'avaient dit : plaisirs, voluptés, jouissances,
Les cruels ! Et mon cœur, mon esprit tour à tour
Se sont cabrés cent fois sous d'atroces souffrances !
Ils m'avaient dit : bonheur ! Et j'ai bu chaque jour
Du vice, du péché la coupe délétère !

L'Evangile, du moins, me disait : Souffre en paix ;
Enfant, l'éternité nous venge de la terre !
Un jour disparaîtront les nuages épais
Qui couvrent le Calvaire. — A ce divin langage
Se joignaient le travail, les cantiques pieux ;
La prière, en un mot, cette âme du courage
Qui suspend les soupirs, rend les fronts radieux.
Et pourrais-je oublier les fêtes de l'Eglise,
Les pleurs du repentir au sacré tribunal,
Et le banquet divin, où toute âme soumise
Reçoit le pain de l'ange et le vin virginal ?

Eh ! pourquoi vainement les évoquer encore
Ces lointains souvenirs ? qu'en ferais-je aujourd'hui ?
Ils ne me rendraient pas le calme que j'implore,
Notre trésor, à nous, — la vertu — notre appui !
Un vide affreux consterne et désole mon être ;
Si je pouvais mourir ! Que maudit soit le jour
Où je prêtai l'oreille aux mensonges du traître
Qui m'a ravi l'espoir au nom d'un fol amour !
Dieu permettait l'épreuve, et l'épreuve était dure,

Ah! c'est vrai! mais la croix reposait sur mon cœur!
Et tout cruel qu'il soit, le tourment que j'endure
M'a-t-il donné le droit d'insulter au Seigneur?

S'il pouvait oublier mes heures de démence,
Fruits amers d'un état impossible, anormal!
Il vous pardonne bien, à vous qui, dès l'enfance,
Apprenez à connaître, à mesurer le mal,
Et qui semblez heureux d'irriter sa menace,
De blasphémer son nom comme au sein des enfers!
Il vous pardonne bien, à vous, perfide race,
Qui créez le désordre et nous forgez des fers;
Vous, qu'on voit applaudir à la femme adultère!
Vous qui faites métier d'insulter à la croix,
De livrer au remords et la fille et la mère!

Si Dieu me pardonnait! si ma mourante voix
Pouvait trouver enfin accès à la clémence?
Je ne puis l'espérer! et l'abîme d'ailleurs
Appellerait l'abîme; — infernale existence
Qui dévore sans fruits nos angoisses, nos pleurs!

Ma mère! sur ton front, lire et puiser la honte:
Voilà mon héritage à mon premier matin,
Voilà de notre erreur l'effroyable mécompte!
— Si pour d'autres, encor! je payais au destin?

DEUXIÈME CHANT

LE PRÉSENT OU UNE MÈRE

Comment refaire la vie pour ce peuple de malheureux enfants que la société repousse sous le nom d'ENFANTS TROUVÉS? C'est chose impraticable ou à peu près, disait-on, et l'on en restait là. Saint Vincent de Paul, et par son esprit, les hospices, l'assistance publique ont fait avancer la question. Mais enfin, il faudrait une Mère pour opérer ce prodige, pour constituer une famille à ceux qui n'en ont pas, et qui semblaient devoir en être privés à tout jamais. L'ASILE MATERNEL veut donner une MÈRE aux petites filles délaissées. Qu'il se développe, qu'il prospère! et des milliers d'enfants y trouveront un *présent* qui rendra impossible dans l'*avenir* les misères affreuses du *passé*, que notre premier chant déplorait tout à l'heure.

Le chef-d'œuvre de Dieu, c'est le cœur d'une mère !
Dans ce fleuve d'amour, le flot coule à pleins bords.
Se donner, s'immoler, voilà bien le mystère
D'un martyre si doux qu'il paraît sans efforts !

2

Saint amour maternel ! tu ne sais ni mesure
Ni règle... tout fléchit à ton entraînement,
Plaisirs, repos, santé. — La faible créature,
L'héroïne plutôt, met tout ce dévoûment
A nourrir, à bercer, à diriger l'enfance !

Que je m'estime heureux d'apporter en ce jour
Mon modeste tribut à cet amour immense ;
Cet amour maternel, le vrai, le seul amour
Qui nous dise de Dieu la tendresse infinie,
Qui nous parle de lui comme on en parle aux cieux !

C'est l'amour que les chants, les hymnes du génie
Ont fêté tour à tour en vers harmonieux.
Millevoye et Guiraud, Reboul et Lamartine,
Valmore, Legouvé, Tastu, Deschamps, Brizeux
Ont couronné ton front de roses, d'aubépine,
O femme, ô mère ! — Moi, sans titres auprès d'eux,
J'oserai cependant arborer la bannière
De cette reine assise aux rives d'un berceau ;
Car tout est poésie à sa douce lumière,
Et Fontanes lui dut ses stances au tombeau.
A travers leurs splendeurs et Racine et Corneille
La voient trôner encor. — Elle trône sur l'art ;
Et la *Vierge à la Chaise* est bien cette merveille
Que signa Raphaël. — Régner, voilà sa part,
Son rôle incontesté.

                        J'ai dit, humble poète,
Les gloires, les attraits de l'amour maternel ;
Abordons maintenant la louange discrète
De l'Œuvre qu'appelait le besoin actuel.

Deux siècles ont passé sur l'heure mémorable
Où Paris, de tes bras, reçut l'ENFANT TROUVÉ,
Vincent, de l'orphelin le tuteur charitable.
Et bientôt il leva, le grain de sénevé :
L'apôtre confiait à sa chaste famille,
Il plaçait dans vos mains, ô Sœurs de charité,
La victime sans nom qu'il appela sa fille,
Triste élu de l'opprobre et de l'adversité !
Vous acceptiez le legs.

        Le zèle de l'hospice
Consacre chaque jour ce touchant souvenir,
Et les nobles vertus, l'esprit de sacrifice
De ses hôtes pieux partout les fait bénir.
L'Etat, de son côté, sourit à leur prière,
S'efforça d'adoucir le misérable sort
De ces milliers d'enfants déposés sur la pierre,
Que la lèpre du vice enfanta pour la mort.

Mais le souffle divin n'appartient qu'à lui-même !
Et nuls sont nos efforts pour atteindre le but
Si l'Esprit, créateur de ce souffle suprême,
Ne vient à nos combats apporter son tribut.

Pour compléter ton œuvre, il fallait une mère,
O Vincent ! Dieu la prit dans cette région
Où la vierge chrétienne au monde est étrangère,
Mais libre de sa voie et de son action.
Dans la maternité de l'auguste Marie
Le type était trouvé sous les traits ravissants !
Puis, l'œuvre au Golgotha devait être mûrie :
Sur son lit de douleur la mère fut quinze ans.

A la cime des monts souvent on a vu l'aigle
Abaisser tout à coup son vol audacieux :
Sur l'àme du chrétien le roi des airs se règle,
Reprenant comme lui son essor vers les cieux
Quand les feux du soleil ont pénétré ses ailes.
— Et qu'ils sont lumineux, qu'ils sont éblouissants
Les rayons émanés des sphères éternelles
Sur l'élu du Très-Haut !

                   Aujourd'hui, les passants,
Dans un coin retiré de la cité royale,
Lisent ces simples mots : ASILE MATERNEL.
La demeure non plus n'est pas monumentale.
Mais on nous y réserve un accueil fraternel ;
Entrons. — *Maman l'a dit. Maman est bien contente.*
Maman vient, maman sort, maman va revenir.
Maman, toujours maman ! — Ce cri qui vous enchante,
Qui réveille chez vous le plus cher souvenir,
Voyez de quelle bouche il est sorti, madame !
Ce visage aux traits purs, ouvert, frais et gentil,
Dont le joyeux aspect ravirait toute femme,
Répond bien, il me semble, au plus charmant babil.
Qui donc fit tout cela? c'est l'amour d'une mère.
Nous orphelines? non; nous a (1) *une maman.*
Ce mot délicieux d'une enfant bien légère,
Pour aimable qu'il soit, me déroute vraiment.
Il abrége ma tàche ; — et j'aurais quelque envie
D'abandonner ma plume au cher petit lutin,
S'il pouvait la tenir.

(1) Historique. — On a cru devoir conserver le langage d'une enfant dans toute sa naïveté.

Voyez comme la vie
Déborde à flots pressés chez ce peuple mutin !
C'est que l'air est bien pur dans le noble Versailles,
Où tout est large, — grand comme son fondateur !
Des enclos, des jardins, un champ des funérailles
Dès longtemps déserté ; la maison du pasteur,
A quelques pas de là, tout près de son église :
Voilà le voisinage. — Et qu'il serait aisé
De dilater ces murs, il faut que je le dise,
Trop voisins l'un de l'autre ! On ne l'a pas osé ;
L'or manquait ; et sans or, bâtissez donc sur terre ?
Pourtant, il le faudra, si grands sont les besoins
Révélés chaque jour ! car ton cœur, bonne mère,
A ton cercle actuel ne borne pas ses soins :
Toute enfant délaissée est ta petite fille,
Fille dans le présent, fille dans l'avenir ;
Et sa place est marquée au sein de la famille.
Je veux l'y voir un jour croître, s'épanouir,
S'élancer dans tes bras, deviner ta parole,
Baiser tes blancs cheveux.

L'OEuvre compte quinze ans.
Pour oser l'entreprendre, il fallait être folle !
Qui donc aurait voulu même placer cinq francs
Sur un dessein pareil, une œuvre si fragile ?
Prétendre suppléer à tout soin maternel :
Mais, c'était insensé ! Chacun fut donc hostile,
Ou du moins attendit. — Ce moment fut cruel.

Seule, il fallut agir, se faire pourvoyeuse ;
Au dedans, au dehors, suffire à tous besoins ;
Dévorer mille affronts, et se montrer heureuse,

Satisfaite toujours. — Et les jeunes témoins
De l'héroïque effort ne s'en doutaient pas même !
Ils priaient, grandissaient ; et pour tant de bonheur,
Ils n'avaient à donner que leur faiblesse extrême,
Leur passé malheureux, leur pauvre petit cœur.

Les mauvais jours sont loin. — Ecoutons cette dame :
« Que ces enfants sont beaux ! qu'ils paraissent heureux !
« Oui, vraiment, c'est trop bien (1) ! »—Singulière réclame !
Récompense plutôt de ces soins généreux,
De ce zèle éclairé qui devance l'aurore ;
De ce maître du champ qui répare au matin
L'injure de l'orage, et qui, le soir encore,
Répare son sillon, le répare sans fin.

Voyez. Tout est prévu dans la jeune famille :
« *Pépette* est au berceau, ne la quittez jamais.
« — La classe est commencée ; allez, petite fille,
« Car vous avez cinq ans. — A l'ouvroir, désormais,
« Enfants, vous entrerez dans la dixième année.
« — A quinze ans plus d'essais, il faut quitter l'ouvroir.
« Cécile, à quel état te crois-tu destinée ?
« Il est temps d'y songer ; tu devrais le savoir.
« — L'atelier vous attend, gagnez-y votre vie,
« Ma fille, c'est la loi. Aidez vos jeunes sœurs,
« Et ne croyez jamais votre tâche remplie ;
« Anna, dans la famille il est tant de labeurs !
« Et mes forces s'en vont. » — En effet, pauvre mère,
Dieu ne ménage pas ta chétive santé ;

(1) Historique.

Mais où l'âme commande à la souffrance amère,
Le corps est toujours jeune et sans infirmité.

Souvent il faut quêter le pain de la famille,
Et toi seule connais ce qu'il en coûte alors !
Tu bénis au départ la troupe si gentille ;
Dieu récompense, lui, tes courageux efforts.
« Maman est revenue. » On accourt, on s'empresse,
On couvre de baisers les mains de sa maman.
Elle a bien mérité votre aimable caresse,
Faites-lui bon accueil, ô mon petit enfant !

Quel spectacle ! A mes yeux parfois il se présente.
Et si les souvenirs du foyer paternel
Ne gardaient dans nos cœurs leur place triomphante,
Je me prosternerais aux pieds de l'Eternel
Pour le remercier de connaître une mère.

Croissez donc sous son aile, enfants ! c'est notre vœu.
Que le port s'ouvre un jour à la barque si chère,
Et l'on ne dira plus : les enfants sans aveu.
Alors, comme un essaim d'abeilles vigilantes,
Il vous sera donné de recueillir le miel
Aux ruches (1) où le cœur, les vertus de vos tantes (2)
Feront bénir au loin l'Asile maternel.

Priez pour les amis d'une mère adorée
Qui, comprenant son Œuvre, ont foi dans l'avenir ;

(1) Les succursales que l'établissement est appelé à créer.
(2) Les Dames associées à la Directrice de l'Asile maternel ont pris le
nom de *tantes* à l'égard des enfants.

Pour les cœurs généreux qu'une crainte effarée
N'atteint pas, et jamais ne pourra désunir.
Ces amis sont nombreux chez le pauvre et le riche,
Mais vos besoins aussi sont grands. — Le croiriez-vous ?
Votre petit jardin naguère était en friche,
Et vous avez déjà cueilli des fruits si doux !
De vos doigts diligents secondez votre mère ;
Hâtez-vous de grandir, les temps sont durs, enfants !

Eh ! pourquoi m'engager dans cette voie austère ?
Sur vous ne grondent point la tempête et les vents.
Du gazouillant ruisseau voudrais-je troubler l'onde ?
On est bien plus heureux d'en protéger le cours !
— Que je n'arrête plus désormais votre ronde :
Laissez-moi, vous aussi, poursuivre mon discours.

TROISIÈME CHANT

L'AVENIR OU LA RÉHABILITATION

La famille n'est plus chrétienne : elle a perdu ses charmes, elle perd son empire et ses joies. Rétablissons la vie de famille ; que Dieu, plutôt, nous la rende ! et la société est sauvée. Ainsi veut procéder l'Asile maternel. Il s'appuie également sur l'esprit d'association que notre époque considère comme sa base et son soutien ; rien de plus logique pour les victimes de l'abandon. — L'éducation, la société de secours mutuels, le travail en commun : voilà, certes, des conditions de salut très acceptables. Elles offriront aux ENFANTS TROUVÉS une véritable réhabilitation, par suite des avantages qu'y trouvera la société tout entière.

La famille s'en va ! C'est le cri de détresse
Qui partout retentit pour le foyer désert ;
On n'y rencontre plus que l'ennui, la tristesse ;
Les beaux jours ont passé quand le foyer se perd !

Le jeu, les vains propos, le feuilleton sceptique,
Le roman scandaleux ont le droit de cité.
Un luxe sans pudeur, en maître tyrannique
A brisé tout obstacle et marche en liberté.
On s'amuse... il faut bien chercher un antidote
Au poison dont on meurt ! secouer le fardeau
Du dégoût, du remords, dont largement vous dote
Un siècle où tout principe est réduit en lambeau ;
Où le fils, à douze ans, n'écoute plus son père,
Où la vierge s'ennuie à son premier printemps !
Tout marche à la vapeur dans la brûlante sphère
Où l'homme est déjà vieux quand il a vingt-cinq ans.

« Autre temps, autres mœurs ! » — Cette superbe excuse
Rompt avec le passé, dévore l'avenir,
Comme sur nos canaux on voit s'ouvrir l'écluse,
Et le flot s'éloigner pour ne plus revenir.

C'est ainsi qu'on oublie, — erreur terrible, immense !
Que, s'il faut à tout temps ses aspirations,
Ses instincts, sa grandeur, ses gloires, sa science :
Il est aussi des lois, des inspirations
Que tout siècle retient, — autrement, il abdique.
Autre temps, autres mœurs ! mais respect à l'autel !
Respect à ce foyer de la foi catholique,
Ame, soutien, bonheur du foyer paternel.

Nous l'avons dédaignée, où trouver la famille ?
Les baisers d'une mère ont gardé leur douceur ;
Mais ses tendres conseils, y crois-tu, jeune fille ?
Jeune homme, ses regards parlent-ils à ton cœur ?
Et comprends-tu toujours son éloquent langage,
Ses craintes, sa prière et ses larmes surtout ?

Tes yeux souriront-ils à cette douce image,
Alors que la vertu t'inspire du dégoût?

La famille s'en va! la famille chrétienne
Où la voix d'une mère avait tant de pouvoir!
Mais nous y reviendrons; il faut qu'on y revienne :
Le bonheur y repose à l'ombre du devoir.

Grand Dieu! qu'ils étaient beaux ces jours où la prière
Précédait le travail, les repas, le sommeil;
Ces jours où le foyer brillait à la lumière;
Où les cœurs s'absorbaient en ton divin soleil,
En ton Christ incarné dans le sein d'une Vierge
Pour guider ici-bas et la mère et l'enfant!
Mais pour que vers le ciel la famille converge,
Il faut à Nazareth la rappeler souvent.

La famille, Seigneur, dans ta Trinité sainte
Nous l'adorons trois fois avec tes séraphins!
Et ne savons-nous pas qu'il suffit de ta crainte
Alliée à l'amour, pour accomplir ses fins?
— Donner des saints au ciel, des hommes à la terre ;
Pour atteindre ce but affronter la douleur :
N'est-ce pas, dites-moi, le rôle d'une mère?
N'est-ce pas la famille aux yeux du Créateur ?

Que s'il en est ainsi, notre route est facile,
Et j'entrevois le port. — Il fallait au départ
Retracer du passé la honte indélébile :
Sur l'enfant égarée attacher le regard ;
Et nous l'avons suivie, en pleurant avec elle
Sa personne et son cœur dégradés à la fois.

Qu'elle souffrait, hélas ! dans l'étreinte mortelle
Où sa voix s'est brisée en repétant : Je crois !

Enfin nous avons dû soulever un problème
Trop longtemps insoluble à l'égoïsme humain,
Et peut-être est levé le terrible anathème
Qui pesait sur les fronts dans cet âge d'airain.

J'avais à pénétrer dans le cœur d'une mère :
L'ai-je fait ? Le présent venge-t-il du passé ?
Ce siècle d'indulgence a-t-il commencé l'ère
Qui doit répudier un mépris insensé ?
Où tant de malheureux retrouveront la vie ;
Où la société réhabilitera
Cette part d'elle-même et par elle asservie ?
Si ce jour est venu, qui donc nous le dira ?

Ecoutez. Chaque siècle a son lot dans l'histoire,
Il a son nom parfois. — L'association,
Voilà la part du nôtre, et c'est aussi sa gloire
Qui fera pardonner à l'agitation
Dont, à bon droit, pourtant, notre foi s'épouvante.
— S'il est léger, ce temps, au moins il a du cœur !
La charité n'est point une inféconde plante :
Elle doit triompher de notre esprit frondeur,
Et l'on verra chrétien cet amant du bien-être !

Il veut associer tous les hommes entre eux ;
Son mode est souvent faux, qui peut le méconnaître ?
Le temps change le mode, et les fruits sont heureux.
— C'est vraiment un progrès réel et manifeste
Que nos sociétés de secours mutuels,

De secours au travail; puisse un orgueil funeste
Ne les pas convertir en maux perpétuels!
— Et qui devra sourire à ces pactes utiles,
Et les comprendre mieux que nos ENFANTS TROUVÉS?
Pourrions-nous un instant les supposer hostiles
A ces liens — pour eux sans doute réservés?

L'Œuvre qui l'a compris n'est point une œuvre vaine,
Un essai généreux et sans nul fondement :
A la base déjà plus d'un anneau s'enchaîne,
Et j'apporte en ces vers ma pierre au monument.

Non, l'amour maternel ne vit pas dans les songes!
Pilote incomparable, il prévoit les dangers;
D'un mirage brillant il a su les mensonges,
L'avenir obscurcit ses bonheurs passagers.
— Il a tout préparé pour refaire la vie
De ces milliers d'enfants sans famille, sans nom...
L'impossible était là; — car c'était « rêverie »
De vouloir effacer à jamais de leur front
Le cachet de l'opprobre et celui de la honte.
Demander ce succès à l'éducation,
C'est triompher, pourtant, des périls qu'elle affronte.

Quand l'arbuste a grandi sous l'habile action
D'un homme intelligent, à moins d'un coup de foudre
Sous son feuillage, un jour, vous pourrez vous asseoir.
Pour un arbre, d'ailleurs, parfois réduit en poudre
Combien dont la forêt devra se prévaloir?

Advienne le moment où notre jeune fille
Voudra prendre l'essor au souffle printanier :

Une caisse est formée, où toute la famille,
Absente ou réunie apporte son denier,
Un pour cent. C'est assez, quand vous serez nombreuses,
Pour amasser ensemble, avec votre travail,
La réserve appelée à ces heures fàcheuses
Que nous fait la douleur, surtout loin du bercail !
Assez pour obvier aux soucis du chômage ;
Pour obvier enfin à ces jours plus pesants
Que l'on peut refouler au loin quand on vit sage ;
Car sagesse et vieillesse ont même toit, enfants !

Mais rien ne vous oblige à quitter votre mère ;
Ma fille, à son foyer vous pouvez demeurer ;
Vous n'y serez jamais reçue en étrangère,
On m'a donné mandat pour vous en assurer.

Les ateliers nombreux, les besoins du ménage,
Les classes de vos sœurs, leurs ouvroirs, que d'emplois !
Et l'enfant au berceau, ce constant personnage
De votre cher Asile ! Allez, j'entends sa voix ;
Rendez-lui les baisers qui vous ont fait revivre...
Le respect et l'honneur vous sont dus aujourd'hui,
Si vous participez à l'amour qui s'enivre,
S'exalte, se complète en vivant pour autrui.

Gloire à Dieu ! l'infortune a passé comme un rêve.
L'avenir s'offre à nous dans un ciel radieux,
Quand le présent est bon, quand ce présent relève
Tout ce que le passé laissa de ruineux.

L'ASILE MATERNEL

L'ASILE MATERNEL

SON HISTOIRE ET SON BUT

I. — Historique de l'Asile maternel.

Il y a environ trente ans, une dame, jeune encore, voyageait aux environs de Paris. Arrivée à un relais de poste, elle vit sa voiture assaillie par une bande d'enfants couverts de haillons, dont l'extérieur souffrant et misérable attira son attention. Ils se précipitaient jusque sous les pieds des chevaux en demandant l'aumône.

— Quels sont ces enfants? demanda la voyageuse à un homme de la localité.

— Ils ne sont pas du village, madame; ils nous viennent de Paris.

— Comment cela?

— Ils appartiennent aux hospices. Ce sont des enfants trouvés, que l'Administration confie à de pauvres gens pour en tirer parti et les élever jusqu'à douze ans, moyennant une légère rétribution. Ensuite, les malheureux deviennent ce qu'ils peuvent.

— Je vous remercie de ces détails, reprit la jeune dame. Hélas! ils sont bien tristes! — Au revoir!

En même temps, elle donnait aux petits mendiants quelques pièces de monnaie, en jetant sur eux un regard de profonde compassion.

La voyageuse s'éloigna, mais les pauvres enfants ne quittèrent plus son souvenir. Cette femme, qui avait souvent gémi sur l'infortune et la douleur, n'avait jamais vu la souffrance s'attaquant, comme une lèpre originelle, à toute une classe de la société. Ce jour-là, elle découvrait un mal qui détruit dans sa source la vie du corps et celle de l'intelligence! Ce fut un spectacle navrant pour son cœur, et qui décida de sa vocation.

Diverses circonstances permirent à Mlle X*** d'étudier de plus près la question des enfants délaissés; de se rendre compte des peines physiques et morales de ces innocentes victimes, qu'un malheur immérité voue à l'isolement et à l'abandon, prive des soins et des caresses d'une mère, ainsi que des bienfaits de l'éducation.

Une maladie de plusieurs années fut le moyen dont se servit la Providence pour donner à Mlle X*** le temps de compléter son étude sur l'une des plus grandes plaies sociales.

Elle s'y livrait avec une persévérance infatigable, lorsque les médecins déclarèrent que son état était des plus graves; la pauvre patiente semblait donc n'avoir plus qu'à attendre le jour où il plairait à Dieu de terminer son martyre.

Cependant elle ne croyait pas son heure venue, elle n'avait pas rempli sa tâche. « Il est tant d'infortunés « auxquels je voudrais être utile ! disait-elle. Si Dieu me « rend la santé, je lui promets de consacrer ma vie aux « enfants délaissés. »

La guérison fut lente ; elle vint pourtant un jour.

Et ce jour-là, sur le conseil de personnes éclairées, Mlle X*** mit la main à l'œuvre, et fit demander à l'Administration des hospices deux petites filles, qui vinrent habiter avec elle un petit logement, dans le quartier retiré de Montreuil, à Versailles.

L'ASILE MATERNEL était fondé. C'était au mois de mai 1853.

Les deux premières enfants répondirent aux soins et à l'affection de leur bienfaitrice, qui avait renoncé à des propositions importantes pour son avenir. Quelques autres petites filles, appartenant également aux hospices, vinrent augmenter la famille, transportée alors à la rue du Refuge.

Une nouvelle pérégrination devint bientôt nécessaire. Le résultat dépassant les espérances de la fondatrice, elle abritait déjà, en 1858, sous son humble toit de la rue de Vergennes, une vingtaine d'enfants, la plupart très jeunes encore, et avec lesquelles cependant elle pouvait se soustraire à tout service salarié.

En 1859, l'Œuvre très modeste et bien ignorée, dans Versailles même, vit luire un jour mémorable. Quarante mille francs étaient mis à la disposition de la directrice de l'Asile maternel pour l'acquisition d'une propriété,

avec la clause rigoureuse du plus complet anonyme, rela-
tivement à la donation.

La maison nouvelle, siége de l'Œuvre aujourd'hui, vit
s'accroître promptement le nombre de ses petits hôtes.
Elle est, en effet, bien située, au milieu de vastes enclos
et de jardins qui permettent de s'étendre.

A peine cette installation était faite, qu'un vénérable
ecclésiastique, décédé depuis quelques années, vint pro-
poser à la fondatrice de s'unir à son œuvre. Il concourut
d'une manière fort utile à trouver des ressources, dans
les années toujours si difficiles d'un début.

Alors fut établie, à l'Asile maternel, la Société de la
Vierge-Mère, destinée à donner à Mlle X*** des coopé-
ratrices, et aux enfants des mères par le cœur et la
charité.

Cette association compte jusqu'ici peu de membres, car ce genre de noviciat effraie les courages les
moins timides. En effet, les soins maternels donnés à
l'enfant au berceau absorbent toute une existence et
n'accordent jour et nuit ni trêve ni relâche; il faut donc,
avec une piété solide, un dévouement parfait, une pa-
tience à toute épreuve et une vocation spéciale pour y
persévérer.

En 1860, l'établissement comptait déjà quarante enfants; quelques années après, ce nombre était doublé, et
cent petites filles sont recueillies aujourd'hui sous ce toit
maternel, qui a dû s'élargir à deux reprises diffé-
rentes.

Pendant que les constructions s'élevaient, une nouvelle et longue maladie vint clouer sur son lit la pauvre
mère de cette intéressante et nombreuse famille, dont

les ressources, en partie du moins, dépendaient des collectes de chaque jour.

Cette dure épreuve vint augmenter des difficultés qui n'ont pas encore disparu.

Le voisinage de la mort avait souvent fixé la pensée et les craintes de Mlle X*** sur l'avenir de son œuvre. Dans sa sollicitude, elle se demandait à qui elle pourrait confier ces petits enfants de saint Vincent de Paul, comme elle les avait appelés. Il était naturel de songer aux successeurs du père des enfants trouvés; et, quelque temps après, l'Œuvre, dans toute la pensée de la fondatrice, était approuvée et affiliée aux œuvres de saint Vincent de Paul.

La santé de la directrice s'étant améliorée, elle a pu reprendre, depuis 1866, ses excursions charitables, et pourvoir ainsi aux besoins les plus impérieux de ses enfants, dont plusieurs aujourd'hui sont complétement élevées, et d'autres touchent à leur quinzième année ; mais plus de cinquante ne sont âgées encore que de vingt mois à sept ans.

Un décret impérial vient de placer l'Asile maternel au nombre des établissements d'utilité publique.

Le Conseil de l'Œuvre, dont les Membres honorables ont déjà très bien compris leur mandat, a été approuvé par M. le Préfet de Seine-et-Oise, et ce Conseil a nommé, dans son sein, une Commission chargée de le représenter et de veiller aux intérêts presque quotidiens de la famille.

Voilà donc l'Asile maternel régulièrement constitué, et même donnant la mesure de ses aspirations, de ses tendances et du but qu'il voudrait atteindre.

II. — But de l'Asile maternel.

Il y a, en France, près de deux cent mille enfants sans nom, sans famille, et que la misère ou le vice abandonne à la charge publique. Nonobstant les sacrifices de l'État et les louables efforts des hospices, plus de la moitié succombe, dès le bas âge, entre les mains des gens auxquels les a confiés l'Administration de l'Assistance publique ; les statistiques les plus autorisées ne permettent pas d'en douter. Les autres traînent péniblement leur existence en proie à toutes les souffrances.

Le manque de soins et les privations épuisent le corps avant qu'il soit formé ; l'intelligence s'éteint, faute de culture ; et si, dans ce funeste état, l'âme sort de son engourdissement, ce n'est, en général, que lorsque les passions mauvaises l'éveillent. Le jour arrive où ces malheureux, qui auraient pu devenir des membres utiles à la Société, deviennent pour elle un danger réel. Au jour de l'émancipation, de précoces infirmités ramènent les uns dans les hospices, et trop souvent le désordre envoie les autres peupler les maisons de correction.

Apporter un remède à tant de maux, en rendant à l'ENFANT TROUVÉ la vie de famille avec ses douces affections et ses saints enseignements : telle est la tâche que s'est proposée l'Asile maternel.

www.ingramcontent.com/pod-product-compliance
Lightning Source LLC
Chambersburg PA
CBHW060858180626
46818CB00004B/1765